文芸社セレクション

詩集　純白の洋梨

佐藤 礼子

文芸社

目次

第一章　純白の洋梨

純白の洋梨

純白の洋梨
それは結婚式のウェディングドレスを
まとった花嫁

花嫁のとなりには
ステキなグレーのタキシードを
まとった花婿が

チャペルでバージンロードを
父親と歩きながら
花嫁は花婿のもとへと
導かれる

荘厳な神父さまの前で

お互いの指輪を交換して
誓いの言葉を申し上げる

チャペルでの式がお開きになると
二人でお祝いの鐘を
カラン、カランと響かせる

みんなからのライスシャワーを浴びて
結びはお決まりの
ブーケトス

ブーケを受けとった娘が
次の花嫁へと

純白の花嫁は
世界一の幸せ者

アロエのお薬

私の母と弟、花粉症で
毎年、この頃になると
クシャミを連発しています

花粉症にはいろいろな薬があるけど
母が作った
アルコールにアロエを浸したお薬で
鼻を殺菌すると
かなり良いらしいです

アロエはやけどにも効くし
皮をむいて食べてもおいしいし
よくヨーグルトなどに入っていますね

家に来てくれる生協のお兄さんも
花粉症で
母の作ったアロエのお薬
すすめてみました

アロエのお薬は
殺菌効果があるので
私も風邪をひいた時
うがいをしています

フランケンシュタインの恋

フランケンシュタインの恋は身勝手な恋でした
大好きな女の子を水底に沈めてしまいました
それは大好きな女の子が水面に咲くスイレンの花のように
美しいものになると信じての行為だったそうです

でもそれはフランケンシュタインの一方的な想いで
決して大好きな女の子のためにはなりませんでした
彼の想いが女の子の命をうばってしまいました

私もフランケンシュタインと同じように未熟で
大切なものの気持ちをわかってあげられなかったように思います

もっともっと大切な人やものの気持ちを
わかってあげられるようになるといいなと思います

苦しみの中から

もうちょっとがんばってみよう
生きる事は苦しいことだとわかっているから
誰かのちょっとしたはげましがうれしい
今、そうっと誰かが私の肩を抱いてくれたような
気がした

そのぬくもりが愛おしい
ありがとう　そしてがんばるよ

誰かがきっと遠くで見守っていてくれているのだ
私ががんばったこと誰かは知っているよ
伝わってないなと思っても
思わぬところからはげましが来る

苦しいのはみんなも一緒
自分だけが特別ではない
みんなのがんばれがんばれの言葉が
明日の糧になる

時計

かわいい、かわいい、ハートのうで時計
リサイクルショップで買いました

文字盤の三時と九時のところが
ハート型です

はじめはピンクのバンドでした
でも使いすぎて傷んで
ボロボロになったので
近所の時計屋さんに
茶色のバンドに替えてもらいました

その時計屋さんには
いろいろな時計が売っていました
うさぎのキャラクターの
目覚まし時計がありましたが
家にはちゃんと目覚まし時計があったので
買わずに家に帰りました

今度、家の目覚まし時計がこわれたら

あのうさぎのキャラクターの
目覚まし時計を
買おうかな

冬の大三角形

早朝、夜明け前、冬の大三角形にさそわれて
寒い道を歩きました
冬の大三角形
オリオン座のベテルギウス
こいぬ座のプロキオン
おおいぬ座のシリウス
三角形の中を淡い天の川が縦断しているそうですが
残念ながら、ここからは天の川は見えません

冬の大六角形
おおいぬ座のシリウス

こいぬ座のプロキオン
ふたご座のポルックス
ぎょしゃ座のカペラ
おうし座のアルデバラン
オリオン座のリゲル
六つの一等星を結ぶとダイヤモンドの形に
なるそうです
これを冬のダイヤモンドとも言うそうです

すてきなすてきな
夜明け前の空を見れて
しあわせでした
今日は近くに
下弦の月もかがやいていました

こんなすてきな空を見れた日は
何かいいことが起こりそうな

予感がします

病は気から

どんな最悪の状況になっても
病は気から
自分で病気の症状を悪くしてしまうのです
薬に頼らないで
規則正しい生活を

甘えようと思えば
いくらでも周りに甘えられます
でもそれじゃ周りの人もつかれちゃう
周りの人がお世話できなかったら
家で過ごせなくなりますよ
入院がいやなら規則正しい生活を

やっぱり生きるのは修行なのです
そして死んでいくのも修行
立派な終活をして
終末医療を受けて
死ぬ前日まで散歩して
亡くなった人を私は知っています

東京名所

東京スカイツリー
まだ行ったことがありません
東京の新名所
なかなか人気があるらしいです
友達が行った事があるそうです
今は主なラジオやテレビの電波をとばしている
みたいですね

東京スカイツリーができる前は
東京タワーが電波塔の役目を果たしていました

東京タワーは行った事があります
ロウ人形館と水族館と
その他いろいろとありましたよ

東京タワーはパリのエッフェル塔を
まねしてつくったらしいです

東京タワーには東京名物
バナナのお菓子が売っていると思いますよ

住んでいるのになかなか
いろいろ行った事のない
東京名所の話です

第二章　悩めるバナナ

悩めるバナナ

悩めるバナナは悩んでいます
何でこんなところに黒いアザがあるのかしら
そりゃそうでしょう
もう賞味期限ギリギリのバナナ
若い娘みたいに黄みどり色の体に
キズひとつない姿ではいられません

悩めるバナナは悩んでいます
何でこんなに黄色い肌なのだろう
バナナの木に実った果物だから黄色いのです
ほら、母バナナも父バナナも
そのまたおばあちゃんバナナもおじいちゃんバナナも
我が家は一家全員黄色い肌
ニンジンや大根のように赤や白の肌ではいられません

悩めるバナナは悩んでいます
この頼りないブーメランみたいな体型はなに
もっとかわいいリンゴみたいにまんまるだったり
洋梨みたいにセクシーになりたい
あらあらそうですか
リンゴや洋梨はスリムなバナナのことを
うらやんでいますよ

悩めるバナナの仕事は悩むこと
悩みたくなかったら早くボクに食べられちゃえ

手紙を下さい

個性と個性が
ぶつかり合ってケンカになる時がある
育ってきた時の境遇の違いか

許せない弱さは自分の弱さだそうだ

正しさを認められない時は
あえてその事を口に出してみると良いと言う
その時の感情がどう自分に感じるか
それは口に出してみて初めてわかるらしい

不幸なことにもう人生の先生と思える人には
めぐり合えていない
誰もが同級生であり
誰もが悩める子羊だ
そして誰もが悩みにアドバイスしてくれる
相談員なのである

幸運なことは
私は詩を書いて自分自身に問える
書くことで外の世界との絆を持てることだ

料金受取人払郵便

新宿局承認

2523

差出有効期間
2025年3月
31日まで
（切手不要）

郵 便 は が き

1 6 0-8 7 9 1

1 4 1

東京都新宿区新宿1－10－1

(株)文芸社

愛読者カード係 行

お名前《ふりがな》		明治 大正 昭和 平成 年生 歳	
ご住所《ふりがな》	□□□-□□□□	性別 男・女	
お電話番号	（書籍ご注文の際に必要です）	ご職業	
E-mail			
ご購読雑誌（複数可）		ご購読新聞 新聞	

最近読んでおもしろかった本や今後、とりあげてほしいテーマをお教えください。

ご自分の研究成果や経験、お考え等を出版してみたいというお気持ちはありますか。

ある　　ない　　内容・テーマ（　　　　　　　　）

現在完成した作品をお持ちですか。

ある　　ない　　ジャンル・原稿量（　　　　　　　　）

書　名				
お買上 書　店	都道 府県	市区 郡	書店名	書店
			ご購入日	年　　月　　日

本書をどこでお知りになりましたか?
1.書店店頭　2.知人にすすめられて　3.インターネット(サイト名　　　)
4.DMハガキ　5.広告、記事を見て(新聞、雑誌名　　　)

上の質問に関連して、ご購入の決め手となったのは?
1.タイトル　2.著者　3.内容　4.カバーデザイン　5.帯
その他ご自由にお書きください。
(　　　)

本書についてのご意見、ご感想をお聞かせください。
①内容について

②カバー、タイトル、帯について

弊社Webサイトからもご意見、ご感想をお寄せいただけます。

ご協力ありがとうございました。
※お寄せいただいたご意見、ご感想は新聞広告等で匿名にて使わせていただくことがあります。
※お客様の個人情報は、小社からの連絡のみに使用します。社外に提供することは一切ありません。

あなたは今、ヘコんでいませんか
悔しい気持ちでいませんか
そんな時は私に手紙を下さい

慈愛

その一輪の百合のために
この花束は捨てないでいましょう
咲き終えた百合の花がらをそっとつみとり
ちょっと不格好な花束の最後の百合が
咲き終えるのを見とどけます

ほの暗い六畳間には
疲れた母が休んでいる
母が見たら不格好な花束は
滑稽に見えることでしょう

ただ私は最後の百合が何か救いのような気がして
その生命に想いをたくしてみました
この世にはまだまだたくさんの花々が咲いているというのに
もうすぐお彼岸です
お仏だんにお供えするために
多くの花を用意する母
その花のにぎわいの前に
最後に残った一輪の百合を
愛でる私が居ました

空気のような愛

その風があまりにも心地良かったので
扇風機が回っていることに気が付きませんでした
昼間は当然のように明るかったので
夜になってお日様の光のありがたさに改めて気が付きました

当たり前と思うことが
実はとても大切なことってあると思います

空気のように存在している愛が
家族の愛と父が言っていました

当たり前の中にも礼儀って必要だなと思います
やってもらって当たり前
愛を受け取って当たり前
ではないはずです

私たちが気づかないところで
変な馴れ合いってあると思います
空気のような愛を失う前に
そのことに気が付いて
溢れるばかりの感謝の念を

父に贈りたいと思います

言葉のむずかしさ

私の言葉が心に浸みていく
あなたの胸から名も知らぬ見知らぬ人の胸まで
せめて願うことはその言葉たちが
読んだ人の傷に触れないようにと

あなたの言葉が心に浸みていく
私の胸から名も知らぬ見知らぬ人の胸まで
ある人が書いていた
「聞いた言葉が心に引っかからないと意味がない」と

リーダーの言葉が心に浸みていく
メンバーの胸から名も知らぬ見知らぬ人の胸まで
たとえその発言が誰かを傷つけたとしても

いつまで経っても争いが絶えないのはそのせいかしら

名も知らぬ見知らぬ人の言葉が心に浸みていく
日常の中で忘れ去れるかもしれないけど
確実に私の心に小さな傷あとをつけていく
ある日、金属疲労を起こすように深く強く鮮やかに

そして私は気がつくのです
真心を無口でも抱きかかえてくれるような優しさと
人間同士の結びつきが大切だと
言葉はなんて難しいのでしょう

今、泣いているあなたに

人はひとりで生まれてくるけど
ひとりじゃないよ
お母さんから生まれてくるじゃない

お父さんがいて生まれてくるじゃない
たとえその瞬間に二人と離れても
決してひとりじゃないよ
そのことを忘れないで

誰かを支えたい子になれるよ
夢の中でいつも誰かを助けてる
大きな夢をいっぱいいっぱい持ってほしい
そして自分がひとりで生きていかなくては
ならないことを忘れさせてくれる
誰かに出会えたら良いね

ひとりでふさぎこんでしまう時も
悩み苦しみ絶望にくれてしまうときも
言葉のフォローしかできないけど
ひとりじゃないよ
いくつになってもみんな苦しんで生きている

でもあなたの事を大切に想っている
もう少しがんばろう

勉強

嵐の吹き荒れる早朝に
学生時代の事を思い出しました
夢の中で一生懸命、その日の時間割の
教科書をかばんに詰めていた

学べる立場って当時はそんなに感じなかったけど
心おどるものなのですね
目が覚めて自分がもう学生ではないことに
気づくとガッカリしました

昨夜のラジオの放送で
二十代前半のアイドルが

受験生にアドバイスしていました
勉強はしなくてはいけないと苦だけど
卒業すると勉強の大切さが改めてわかると

私も国語の時間じゃないのに
こうして細々と詩を書いています
書きなさいと言われないのが良いみたいです

B級なんかじゃ終わらない

近ごろサブカルチャーブームですね
中野ブロードウェイ、新橋駅前ビルが
シブいビルの名誉に輝いていました

気がついたらシブいビルの築年数は
私の年齢より年下です
少々、ショックを隠せません

私もこのままB級文化の
はしっこに居座るのかな

B級なんかじゃ終わらない
今年も村上春樹は
ノーベル賞を逃したけど
きっといつかは受賞できると思います
ああ、村上春樹が
B級だとは言ってませんよ

私も風に消えていったあと
一流文化人に扱われたいですね
教科書に名前の載るような

なんてはかない夢を抱きながら
今日も私は詩を書いています

あなたが生きてきたことは

この世のどこかで
今、命を落としかけている人々に対して
私はメッセージを送らないわけにはいかなかった

あなたは今まで生きていて
とても尊い存在だったよ
あなたが生きていることで
多くの人々が勇気づけられたよ
それだけは伝えたい

病が命をうばってしまうのは
とても残念なことだね
でもあなたは懸命に病と闘った

一日でも長く生きていたいと
願ったはず
その健闘に賛美を送るよ

昔はこんなメッセージ
伝えたいと思っていなかった
でも人の死に対して
恐れおののき
何かを伝えなければと強く思った

あなたが生きてきたことは
宝物のように素晴らしいよ

あなたのためになるのなら

あなたのためになるのなら
私の宝を差し出しましょう

それでまたあなたが元気になるのなら
何もおしいことはない

あなたのためになるのなら
私のとっておきを差し出しましょう
それであなたが喜ぶのなら
何もおしいことはない

周りから見たら
危険なことのように思うかもしれませんね
でもそれが愛なのです
男女の愛に限りません
人間愛と言うものなのです

あなたのためになるのなら
手間も負担もかまいません
それであなたが食事ができるのなら

一緒に美味しいご飯を食べましょう

その場で心を洗おう

心のすねに傷を持った人たちは
人の悲しみに触れたとき
決してそれを他人事とは思わない

おごり高ぶり生きている人たちは
人の悲しみに触れたとき
ああ、でもそれは自分の身には降りかからないと
高をくくって聞いている

心優しい子羊は
他人事とは思わないで
自分の豊富な経験の中から
悲しみに触れた人への

メッセージを与えてくれる

心が汚れちまっても良いのだよ
汚れちまったら
その場で心を洗おう

バージョンアップ

物事はいつでも進化しているから
日々バージョンアップが行われている
きっとマンネリでは
人々は満足しないのだろう

何代も続いている老舗の和菓子屋さんも
その時代時代に合わせて
味を少しずつ変えているらしい
そんな話を聞いたことがある

昔、働いていたスーパーの寿司部門では
毎月新しいメニューが更新されて
ついていけなくなった
いつも同じことをしているだけではダメなのだ

パソコンを開くと
ちょいちょいプログラムを更新させられる
セキュリティーソフトでは
ちょいちょいクリーンアップが行われて
日々おそいかかる最新ウィルスに備えている

私も自分の中で何か
バージョンアップがされているのかな
きっとそれは誰にも気付かれないくらいの
ささいなことなのだろうが

ペットの幸せ

最近ペットを飼う人が多くなりましたね
たいがいペットは人間より寿命が短いから
先に死んじゃうのです、かわいそう……
だから私はペットを飼いたくありません

でもペットが居るとその場が和みます
アニマルセラピーと言う言葉も聞かれて久しいです
でも人間のエゴでペットに人間の食べ物を与えたり
例えば大型犬を散歩に連れていかないのは
良くないと思います

ペットも生き物なのです、家族なのです
いわば子供と一緒でしょう
甘えさせすぎればわがままになります

きびしすぎるとアダルトチルドレンになってしまいます
子育てがむずかしい以上に
ペットとの関わりもむずかしいと思います

愛くるしいだけがペットではありません
ましてストレスのはけ口にしてはいけません
うらやましいから言っているのではありませんが
時々ペットがかわいそうに思える時があります

まだ夢を持っているかい

君よまだ夢を持っているかい
この世は修行の場だと言うが
本当に学ばなければいけないことは
山ほどあるなと痛感させられる

君よまだ夢を持っているかい

勉強だってタダじゃない
自分の少ないおこずかいから
夢に向かう費用を出すことは少々苦しい

でも学ばずにいられない
強い衝動に突き動かされる
この気持ちはいったいなんだろう

欲と言ったらそれまでだろうけど
せめてこの世に生きてる間
どんなにポンコツの私でも
まだ確実に夢を持っている

愛のドラマ

男の恋はエゴからはじまる
恋が愛に変わる頃

すべてを受け止める
勇気を出せる
それは女にはできないこと
愛の尊さがそこにはある

女の恋は損得からはじまる
恋が愛に変わる頃
すべてを包みこむ
大らかさが生まれる
それは男にはできないこと
母性のはじまりがそこにはある

命がけで人を愛したことがある人は
この世にいったい何人いるのだろう
たとえ不幸な結果が待っていたとしても
当人同士には幸せな瞬間だ

人類が生まれて生きていくうちには
様々なドラマがくりひろげられるだろう
誰もがあこがれて
誰もが恋、焦がれるドラマが
そんなドラマの出演者に
私もまたなってみたいな

恩人からの祝福

メリークリスマス　アンド　ハッピーニューイヤー
恩人から思いがけないプレゼントを頂きました
いつも私たちの事を気づかってくれるやさしい人
決して豊かではない生活の中で
なにかうるおいを感じました

メリークリスマス　アンド　ハッピーニューイヤー
私もこの時期恵まれない子供たちに

心ばかりの祝福を届けます
だってクリスマスだもの
お礼の年賀状を頂いて
こちらまでうれしい気持ちになります

メリークリスマス　アンド　ハッピーニューイヤー
もう子供じゃないから
サンタさんも来ないし
お年玉ももらえないけど
なにげない時に人のやさしさに触れて
涙が出そうになりました

月の裏の顔

月は裏の地表をこちらには向けません
微妙な自転と公転のバランスのおかげで
いつも同じ地表を地球に見せています

だからいつもウサギの姿が見えるのです
月の裏の顔見てみたいと思いますか？

私も自己嫌悪になるような詩は
清書しません
誰かに見せても気持ちが悪くなるだけのような
気がするから
時にブラックな自分もさらけ出した方が良いのでしょうか
私の裏の顔見てみたいと思いますか？

原点回帰

どんどん悪い方に行っている
今こそ原点回帰
まだ回帰線はふんでいないよね

この数年間、悪いことが起こりすぎた

地球温暖化
東日本大震災
テロ多発

どんどん悪い方に行っている
人々を恐怖におとしいれたのは
誰のせい

誰のせいでも無いのかも
身から出たサビ
カルマの呪い

呪いを解くのは
人々の努力しかないと思う
まだ間に合うかもしれない
今こそ原点回帰

終末医療

死がこわかった訳じゃない
死ぬまでの心の葛藤が
こわかったのだ
今はガンでも告知する時代なのですね
終活なんていうのもありますね

終末医療では
モルヒネなんかも使うのですね
余命の生活の質を上げるためです
あとはよく食べ
よく楽しむことでしょうか

ガンはリンパに転移すると
早いですからね

一日、一日と弱っていきます
周りの者が動揺するくらいです

本当の天国と地獄は
死ぬまでの状況だと思います
今まで良い事をした人は安らかな死を
今まで悪い事をした人は苦しい死を
死んだらみんな
土に還ります

節約

節約するのってけっこう楽しい
チビチビ、チマチマ
一円玉と五円玉を
貯金箱に入れていると
けっこう小金がたまる

もっとお金が貯まるのが
五百円玉貯金
五百円玉をもらったら
なるべく使わないようにしていると
気がつかないうちに一万円くらい貯まっている

スーパーの割り増し商品券を利用するのも良い
金券の定額のお金を払うと
五パーセントの金券の利子がついてくる
金融機関の利子より
よっぽど利率が良い

ただ食事の節約はほどほどに
見切り品はなるべく早く使わなくてはいけないし
食事をちゃんととらないと
体を悪くしますからね

尊厳死は選ばない

アメリカのオレゴン州の女性が
自分の脳腫瘍の苦しみを受け入れがたく
尊厳死を選びました
世界中に動画が公開されて
物議がかもされましたよね

何を考えてそんな行動に出たのかは
わかりません
しかし彼女の死をもって
尊厳死の問題を考えられる機会が
私たちに訪れたのなら
それは幸運なことだったのかもしれません

でも私はあえて言いたい

尊厳死は選びません
自分の一生の最後の最後の日まで
生きていたいです

私の場合、詩を書くことが
少し早いですが大きな意味での終活です
いつも詩作のかたわらに
死を意識しています

尊厳死した女性に比べて
自分が少しだけ恵まれていたのかなと
感じます

聴かせてください

聴かせてください、あなたの半生を
聴かせてください、あなたのお手柄を

私は人の話を聴くのが好き
そこには何かしら人生の道しるべが示されているから

聴かせてください、ご両親のことを
聴かせてください、時にあなたの失敗談も

決して無理にとは申しません
話したいことだけを話してもらえれば良いのです

幼子の学校の話はいつしか素敵な童話のヒントに
学生時代の友達の話はいつしか心おどるエッセイのヒントに
そして先輩たちの長い長い語りの中には
政治、経済、人と人とのめぐりあわせなど
なんて豊かな話題の提供者となってくださるのでしょう

語られる話は私の心の土壌を豊かにする言葉の栄養剤

いつかあとになって気がつくはず
ああ、昔、この人があんなことを言っていたな
その言葉の意味が今になってわかる
やがては心に花が咲き
一面の花園になっていることでしょう

反戦

戦いの火ぶたが切って落とされた
先の大戦の前の雰囲気に今が似ていると
新聞の社説に書いてあった
どんなににぶい私でもわかる
今は危機的状況なのだと

国会前で寂聴さんが
病の身をおして戦争反対を訴えていた
いったい何人の若者がそのニュースを知っているのか

なんとか争いを止めなければ
国の暴走の片棒を担ぐ議員には
票を入れないように
十八歳以上の人も頼む

戦争の体験を持っている人が次々と年を取り
もう戦後七十年
六十九歳のお年寄りも
戦争を知らない子供たちだった
そう簡単に平和ボケされても困る
もっと反戦の思いを強く受けつぎたい

無知

私たちはあまりにも無知だった
知らないことだらけなのに
いきがって強がって生きてきた

世の中には学ぶべき事柄が
多くあるのに
今になってわかることが多すぎる

ただ若いときはそれも仕方がないのかもしれない
十代や二十代の若者が
命の大切さを知りもせず
特攻隊に入隊してしまうこともあった

最期に残す言葉は
「おかあさん」
その母の一番悲しむことをする

当時はこの日本国自体が
若かったのかもしれない
日本もいいかげん成熟してきたのだから
そろそろ分別をつけてもいいのでは？

私もなるべく
先人の話を聞いて
かしこい正しい道を歩いて行こう

友情

友達の良いところを引き出してあげるのも友情
その子の得意分野をほめてあげて
うれしがっている姿を見るのも楽しい

誰にでも得意分野はあるのだから
能力を生かして得をしよう
私ものせられて思わぬ得をすることも
そしたらゲットした勝利品は
みんなに分配
ちゃっかり

「今度それ使わせてね」
とねだってみるのもジョーク

たまに生真面目な人がいて
「いいよ、お礼にご飯おごるよ」
とこっちもまたまた得をするかもね

第三章　恋するぶどう

恋するぶどう（プロローグ）

本物の輝きは消えない
本物には本物の価値がある
本当に大切な物は目に見えないと
星の王子様が教えてくれたけど
本当に大切な本物の輝きは
目に見えないのかもしれない

大切な真心は誰の心にもある
そして心の闇も同時に人の心の中には棲んでいると思う
ある日突然に誰かを傷つけてしまうかもしれない
その時のために普段は他人に優しくしておいた方が良いと思う
後で悔やまぬように精一杯

今日も私の本物と真心を探す旅は続いている

恋するぶどうの実を探すように
世のソングライター達は歌う
愛のない人生なんてつまらないと
無駄だとわかっていても
抑えきれない衝動にかきたてられる

ホワイトパーソンで居よう
いずれ人は土に還ってしまうのだから
もし誰かに認められなくても
私がこの世に居たことは間違いではない

てんびん

あなたと私の愛のてんびんは
ちょっとあなたにかたむいているほうがいい
ちょっと私の愛が重い方がいい

あなたの全てを包みこんでいたい
あなたを母親のように愛していたい

二人の愛の重さは比べられないのかも
それぞれに自分の方が重いと思っているのかも

お互いがそれぞれに思っていればいいのです
あなたと私の愛のてんびんは
ちょっとあなたにかたむいているほうがいい

超新星

マイケル・ジャクソンの死は
超新星爆発
巨星は死の瞬間
まばゆいばかりの光を放つ

昔、人は一生の間に三度かがやくと聞いたことがある
一度目のかがやきは生まれた時
どんな人でも生まれてくれてウェルカム
二度目のかがやきは結婚した時
どんな人でも出会いはミラクル
三度目のかがやきは、その命の旅が終わる時
どんな人でも心の中にフォーエヴァー

この三度のかがやきは
いつ訪れるか自分ではわからない
生まれたくて生まれたのか
結ばれたくて結ばれたのか
死にたくて死んでいくのか

いや、死にたくて死んではいけない
一生懸命生きて、生きて、生きて
死んでしまうのだ

死ねなかった人はいない
そのうち死ぬのだから
今は生きろ、地上の星々よ

プリズム

愛される事を知らなかった私の想いは
プリズムによって屈折する

愛されるすべを知っているあなたの想いは
夏の日の直射日光
まばゆいばかりに私に降り注がれた

あたたかい日の光によって
私の心の氷のプリズムが溶かされていった

少々、天狗になった熱い想いは

人々にも注がれた

昔、七色の光を見せてくれた
あなたの心のプリズムはどこに行ってしまったの？
と聞かれたことがある

その瞬間、氷のプリズムの破片が
私の心の中に突き刺さる

化学反応

私が送ったメッセージの影響で
あなたの顔色が変わる

ニコニコ笑う時もある
シクシク泣き出す時もある

そんなあなたの顔色を見ているだけで
私はあなたが愛しくなる

もっと化学反応し合い合おう
今、私とあなたは触れあっているのだから
同じ時代を生きているのだから

一番悲しいのは無視された時
愛情の反対は憎しみではない
愛情の反対は無関心だ

今、この時を共に生きているのだから
あなたの豊かな反応が楽しい

忙殺

お腹はいっぱいだけど

心が満たされていない

忙しさの中何かが忘れ去られている
時間をお金にかえる事に何かが犠牲になっている

頭の中にいろいろな事が浮かんでは消える
まるで詩の未熟児たちが
産声をあげることなく息絶えてしまうように

忙殺　それは日常に行われている
忙殺　もう後戻りは出来ない

機械の一部になりそうになりながら
私たちは大事な何かを忘れかけている

やるっきゃない

ファイト！　やるっきゃない
ファイト！　自分に負けるな

周りに甘えようと思えば
いくらでも甘えられると思う
でもそれじゃダメなんだ
自分が成長しない
自分が新しくなれない

ファイト！　新しい自分
ファイト！　挑戦への道

マイペースで良いんだ
でも少しずつ歩みを進めて

周りに認められたのなら
努力を惜しまないで

やるっきゃない　成長のために
やるっきゃない　明日が待っている

そのままのあなた

あなたはそのままの姿でいいのです
あなたの存在自体が私の喜び

あなたの足音を聞くと
私の胸は高鳴ります

もっとあなたと話をしたい
もっとあなたとつながっていたい

限られた時間の中で私は必死にもがく
混沌とした意識の中でひとすじの光を感じる

あなたが導いてください
私たちの望む世界まで

立派な服も
立派な時計も
立派な靴も
何も要らない

そのままのあなたが私は好きです

平等

女性ばかりの集団に居ると
ひとりぐらい居るのです

ソリが合わない人が

何を考えているのかはわかりませんが
ひとりぐらい私を無視する人が

でも私は気にしません
無視されても
嫌われても
可愛がられなくても
その人の事は気にしません

こちらは平等に接するだけです
みんなと同じように付き合います

それが礼儀だと思っているから
相手に不快な感情を与えたくないから

平等　良い言葉ですね
平等　全ての人に注がれる愛情

買い物

買い物は戦争だ
日焼け止めクリームとお化粧で武装して
自転車という戦闘機に乗り込む

朝起きて新聞のチラシをチェックして
戦闘作戦を練る
お店の人には悪いが店頭では
消費期限の長い商品を手にとる

クーポン券を駆使して
特売品を目指して
商店街を駆け巡れ

勝利品を手に入れろ

今、日本は平和だから良いのです
日常のこんなのどかな戦いができるのも
平和だからなのです
今日も女たちの生活の戦いがくりひろげられています
最近は高齢者の戦士も戦いに参加しつつあるかな

鮮度

想いは新鮮なうちに書きとめましょう
頭にアイデアが浮かんだら新鮮なうちに
文章にしてあげましょう

できたてホヤホヤの言葉たちが
産みたてホヤホヤの玉子のように輝いています

あまり考えすぎてはいけません
頭の中で玉子の鮮度が落ちます
ゆですぎたゆで玉子のように味が落ちる

でも一晩寝かせた煮玉子も
なかなか美味しいものですね
それはそれで味わいのあるものなのでしょう

じっくり味をしみ込ませた煮玉子も
新鮮なとれたての生玉子も
どちらも美味しく食べれたら良いと思います

一%

私とあなたが出会える可能性は一%
今、あなたは生きている
そして私も今、生きている

それが私とあなたが出会える可能性

多分出会えない可能性は九十九％
だって私とあなたは知り合いではないから
ただ私があこがれて見つめているだけだから

でも私はあなたの存在を知っている
あなたの息づかいが感じられる

今日もあなたへの道を歩いていきたい
あなたと私の命つきる日まで
この一％の可能性は消えない

忘れ物

いつも何かを忘れているような気がする
後ろを振り返って間違いがないかを確認する

ああ、さっき花びんの水を取り替えるのを忘れたね
今、冷蔵庫の納豆を取り出すのを忘れたね

一生懸命忘れないようにメモを取っているんですよ
カレンダーに書きとめているんですよ

でもいつも何かを忘れている
何かが手ぬかりになっている

何もかもを忘れて
何もかもがわからなくなってしまっても
あなたのことは忘れたくないな

誘惑

ハンバーガーショップでハンバーガーを買うと聞かれる

「ポテトは一緒にいかがですか？」

甘い誘惑

昼間、家に居るとどこからか、かかってくる電話
「不動産に興味はありませんか？」
甘い誘惑

スーパーで買い物していると
店頭で売り子のお姉さんが試食をすすめてくれる
「本日、安売りになっています」
甘い誘惑

街頭を歩いていると無料で配られるティッシュの裏には
金融機関のチラシがはさまれている
「安い金利で簡単にお金が借りれますよ」
甘い誘惑

街ではＮＯと言う事が必要になってきている
何にでもＹＥＳでは身が持たない
甘い誘惑、でも怖い誘惑
自分に必要な物だけを選択する意志を持とう

共に生きていく

時に誰かを憎んでしまってもいいと思います
ひょっとすると同類嫌悪かもしれませんよ
憎いあいつは私に似ている

大事なことはそんなあなたの味方になってあげること
大木に寄り添う蔓のように
そっとあなたのそばに居たい

こんなつたない蔓が絡みついていたら
迷惑ですか

疎ましいですか

そんなことは気にしないよと
太い幹がまっすぐに空に伸びていく
同じ母なる大地から生を受けた者同士
同じ時代を共に生きていこう

生きていることのわずらわしさ

生きているってすばらしい
そう素直に言える人がうらやましいです
正直言って生きているって辛いことが多い
悩み苦しみ、心のリストカットを続けています

今は良くない星まわりなのだよ
幸せはいつかめぐってくるよ
いつまで苦しめばいいのですか

いつまで大人しくしてればいいのですか

世の占い師は天中殺を説いています
ラッキーアイテムなどでなぐさめてくれます
でもそんな占い師が自分は百二十歳まで
生きるのだなんて言ってるから笑えますね

冬がまた来ました
今が一番寒い時期です
冬来りなば春遠からじ
人生の春を待つのみです

3.11

ひとりひとりの力は弱いけど
みんなが集まれば大きな力になるのです
願っています復興を

祈っています再興を

傷ついた心と体をかかえ
今、日本中が一つになる
みんなで痛みをわかちあい
みんなで息を吹き返そう

普段は見えなかった優しさが
身にしみて心が熱くなる
困難を乗り越えた子は強くなれる
雑草は簡単には枯れない

今は平和を祈るばかりです
今までの生活がなんて幸せだったかと
改めて気がつく

長旅

もう私の羽を休める場所はないの？
飛び立ったヒナ鳥は長距離飛行を続ける
次々と地に落ちて行く仲間を見送りながら
ヒナ鳥は考える
今までの道は間違っていたのだろうか
何故、今、自分はここを飛んでいるのだろうか

運命と呼ぶにはあまりにも過酷すぎる毎日の中で
死と隣り合わせの旅は続いている
いつか約束の地へと到着する望みを抱きながら

自分の道

失ってから初めて気づく大切さがある

失くしてから初めて必要と思える時がある

人はあまり多くを語らない方が良い
個人情報の流出は時に命とりになる

あまり物を持たず
あまり多くを語らず
慎ましく生きて行きたいものだ

決して欲を出してはいけないと言う意味ではない
自分の存在はかけがいのないもの
自分を押し殺して生きて行かなくても良い
自然の流れに身をまかして時を過ごしたい

自分なんかいらないと思ってしまう時
それは自分に負けてしまった時
どうかひとりひとりが大切な存在だと言う事を思い出して

自分の道を歩いて行こう

迷い道

昨日、道に迷ってしまいました
考え事をしていたらいつの間にか迷子になっていました
あれ？
ここはどこだろう？
困ったな……

でも大丈夫ここは家の近所
そんなに家から離れていません
あそこの角を曲がって右
あそこの角を曲がって左
ヤマ感で歩いていると知っている通りに出られました

あー良かった元に戻れた

また明日から生きていける
ちょっと大げさのように喜び
家への道を帰って行きました

寝物語

寝物語を聞かせましょう
今日の安らぎと
明日の希望のために

寝物語を聞かせましょう
夢のはざまに消えて行く
まどろみを感じながら

昔、子守唄を歌ってもらったように
心の安心が欲しい時
あなたの声が私のやすらぎになる

迷路

迷路には必ず出口がある
間違った道を進んでしまったとしても
また元に戻れば良い
始めからやり直せばいい

時間制限は生まれてから死ぬまで
時間はたっぷりある
じっくりと時間をかけて迷い込んだ迷路を抜け出せ

迷路を抜けた後にはあなたが待っている
二人の寿命が尽きぬうちに迷路を抜け出せ

夏の日

風穴を開けて世界を見よう
今、家のドアは開いている
薫風を通して濁った空気を吹き飛ばせ
淀んだ風にはカビが生える

日の光を当てて湿った気持ちを乾かそう
もう今は梅雨は明けた
灼熱の太陽が照りつける

夏が好き
夏休みの記憶がよみがえる
暑い夏の日
毎日のお休みがどんなに楽しかったことか
あの夏の日を思い出して

何かをはじめてみよう

限られた命

命とは本当に限られたものなのだ
今回の事で私はその事を身にしみて感じた
限られた命

誰だって死ぬのはこわい
出来る事だったら一日でも長く生きていたい
たとえそれがどんな手を使ってでも
ゆずれないものだと思っている

しかし生まれたからには
最終的には死んでしまう
問題はその命をどれだけ大切にしていけるか
もう後悔の残るような生き方はやめよう

自分自身で納得のいく生き方をしよう
最期の時に安らかに眠りにつけるよう
私の戦いは続いている

命の泉

命の泉は枯れない
いつまでもコンコンと湧き続ける

人間だけでなく動物も植物も
エネルギーを持っている
命のリレーはいつまでも続く
太陽の寿命が尽きる日まで
地球滅亡の日なんてありえない

「ま、いいか」

「ま、いいか」良い言葉です
「ま、いいか」心が軽くなります

あまり悩みすぎないで
あなたの気にしていることは
ささいなことだから

あまり悩みすぎないで
悩むことで余計に病んでしまうから

知り合いの詩人の方が出版した本の題名です
「ま、いいか」
良い言葉を教えていただきました

守るべきもの

守るべきものはちゃんと知っている
それはデリケートなバナナ
どこにもぶつけてはいけない
傷つけてしまってはいけない

守るべきものはちゃんと知っている
それはすぐに割れてしまう玉子
どこにもぶつけてはいけない
傷つけてしまってはいけない

守るべきものはちゃんと知っている
それは人の心の深い奥
どこにもぶつけてはいけない
傷つけてしまってはいけない

雨がそぼ降る朝の買い物からの帰り道
ふと、そんな事を考えました

森の番人

私は森の番人
あなたに絶やさずメロディーを届けましょう
絶える事なくみんなに音楽を

あなたが赤毛のアンなら
私はアリス・イン・ワンダーランド
いつの間にか迷いこんだ森の中で
メロディーに誘われて
誰かが会いに来る

オオカミだったらこわいけど

王子さまだったら素敵ね

彼女の歌

彼女の歌は私を浄化してくれる
彼女の歌は私を地の底から救ってくれる
一本のくもの糸

彼女の歌は私にとって讃美歌のよう
心の底から震えが来る
何故だか心がおだやかになる

今後も彼女の歌を聞きつづけるだろう
もうこの快感は止められない
今日も空にむかって祈りつづける
彼女のすこやかなることを

シスター

あの人に会いたい気持ちに
駆り立てられるけど
まずは神に祈りを捧げなくては
私は古い修道院の年老いたシスター
厳しい戒律に縛られている

あの人とは心通わせているけど
決して触れあってはいけない
私は古い修道院の年老いたシスター
厳しい戒律に縛られている

どうしてシスターなんかになったのでしょう
それは生まれた家のしきたりだったからです
だから私は誰も恨んではいない

誰も憎んではいない

清い体のまま天に召される
清い心のまま天に召される

ありがとう

みんな私の体に入って消えてしまう
お米も、お肉も、お野菜も
ありがとう
私はみんなの力に支えられている

みんなは私の体の汚れをきれいにしてくれる
昨日着ていたパジャマも
今朝使ったフェイスタオルも
また洗濯して会いましょう

私はみんなの助けを借りて生きている
人は決して一人で生きているわけじゃないのだ
みんな、みんな、ありがとう
みんなで仲良く暮らしていこうね

あまのじゃくですか

私たちは混沌とした意識の中
さまよっている
出来ることと出来ないことの
見分けがつかない

やれそうかなとチャレンジしてみる
しばらくは良いのだけど
そのうちだんだんきつくなって
ドロップ・アウト
ああ、またやってしまった

自己嫌悪の日々

意外なところで能力を発揮できることもある
あまり期待されてないとがんばっちゃう
その時の達成感は心地良いものだ
あまのじゃくですか、わがままですか
これが今の自分です

凪の風景

凪の風景の中
生まれたての私が居る

無限の未来と
無限の可能性を秘めた
生まれたての私が
陸と海の風が止む

一瞬の静けさの中にたたずんでいる

月の満ち欠けと
太陽の運行による
潮の満ち引きが
私をこの世に誕生させてくれた
今、この凪の風景に存在させてくれている

今、再びはるかな記憶の旅に出よう
生まれたての魂の旅の出発がはじまる

存在理由

全ての物事には存在理由がある
なるべくしてなった感じがする
たとえそれがどんな幸運なことでも
たとえそれがどんな不幸なことでも

裏をかえせばこの世には
無駄なものなんて無いということだ
ゴキブリだって、毒ヘビだって
この世に存在している意味がある

時にその存在に
押しつぶされそうになるときもある
でもあなたがこの世に居ることは
間違いではない
もっともっと自信を持って生きていこう

ときめき

ときめきはいつの日にか訪れる
そのときめきを逃がしてはダメ
いつまで待っていても

チャンスはいつもあるとは限らない

幸運の糸口のひとつまみをつかまえたら
決してそれを離さないで
いつか人は幸せになる
いつか人は救われる

考えて、考えて
よりよい道を選択しよう
人生は長いようで短い
しかし人生は短いようで長い
まだ今は時間があるのだから
じっくり考えてよりよい結論を出していこう

恋するぶどう（エピローグ）

ぶどうの実が熟した時

恋するぶどうの恋は終わる
熟したぶどうは収穫され市場へと運ばれて
見知らぬ人の口の中に入って行く

恋するぶどうの愛を永遠にするために
ぶどうの実はワインに加工される
恋のエキスを絞り取り
樽にねかせてその熟成を待つ
当たり年のワインはビンテージとなり
長く長く永遠に保存される

今年もまたぶどうの蔓が伸びて若葉が茂り
小さなぶどうの実が生りはじめる
初恋を思い出させる初々しさが愛らしい
次々と恋するぶどうが育っていく

でも私のぶどうの恋は一回

後にももう恋は実らない
その実はワインに加工され
ワインボトルの中で
永遠の時を刻んでいる

あとがき

今までいろいろな学びの場や詩作の投稿などを続けて、ある程度の作品が生まれました。またインスピレーションがひらめいて頭が冴えた時、多くの言葉とポエムがつむぎだされ、一つの作品としてこの世に生を受けました。それらの作品を世田谷さくら会の方へ投稿して、月一回の会報誌に載せていただき読んでくださる方々の目にとまり、詩作のよろこびを覚えました。そしてでき上がった作品を、以前からお世話になっている文芸社の方々に見てもらったり、ある程度たまった作品を今まで三冊の詩集にまとめて出版する事ができました。

今回出版しようとしている新しい詩集『純白の洋梨』は、二〇一〇年に文芸社から出版した『詩集姫りんご』ができ上がったあとから書きためた作品を世田谷さくら会の方へ投稿しつづけて、途中体調をくずし入院をした時に、入院中の三ヶ月に大学ノート五冊ものポエムを書きため、それをまとめた物が詩集『愛されなかったイチゴ』として再び文芸社から世に出ました。

詩集『愛されなかったイチゴ』の前にでき上がっていた作品は、それぞれに「恋するぶどう」「悩めるバナナ」と、自分で詩集のテーマになる詩を書き上げ二冊の詩集として出版の機会を待っていました。『愛されなかったイチゴ』を出版した後、今度は「純白の洋梨」というテーマで詩を書き新たな詩集の作品を書きはじめました。

そして今回、文芸社から第四詩集の出版のお話をいただき、三つの詩集の中から作品を絞り込み、三つの章からなる新たな詩集の出版に臨んでいる所です。

私の詩集の題名に、りんごやイチゴ、ぶどうにバナナ、洋梨など果物の名前にこだわっているのは、昔、大学生の時に八百屋でアルバイトをしていて楽しかった想い出にその原点があります。今後も「真っ赤なスイカ」とか「茶色いヤシの実」とか「ちっちゃな黒ごま」など第五、第六、第七詩集までの題名をもう決めており、生きている限り詩作を続けていこうと思っています。

今回、出版のお話をくださった文芸社の方々には大変お世話になりました。

そして、私のまわりのポエムを愛する友人たちやイラストを提供していただいた友人たちに大変感謝をしています。本当に心からお礼を申し上げます。

二〇二四年　春　　　　　　　　　佐藤　礼子

著者プロフィール

佐藤 礼子（さとう れいこ）

学歴：1991年　実践女子大学家政学部 食物学科 管理栄養士専攻卒業

詩歴：1990年　文芸せたがや詩部門三席入選。2008年　第一詩集『連作詩集りんご』(eブックランド社)、世田谷区の詩の同人「正午の会」に入会、詩人 新川和江先生に師事、2010年　第二詩集『詩集姫りんご』（文芸社)、NHK学園新宿パークタワー教室、詩人麻生直子先生に師事、潮流詩派の会に入会、2018年第三詩集『愛されなかったイチゴ』（文芸社）（電子書籍もあり）

現在　世田谷さくら会（世田谷区精神障害者家族会）のおしらせに、月一回作品を掲載中。アメーバブログに一日一作品、詩を投稿している。

詩集　純白の洋梨

2024年３月15日　初版第１刷発行

著　者　佐藤 礼子
発行者　瓜谷 綱延
発行所　株式会社文芸社
〒160-0022　東京都新宿区新宿1－10－1
電話　03-5369-3060（代表）
03-5369-2299（販売）

印　刷　株式会社文芸社
製本所　株式会社MOTOMURA

ISBN978-4-286-24922-3